W0202857

petit roman

Du même auteur, dans la même série :

LE CLUB DES PETITES SŒURS

Sylvaine Jaoui
Illustrations d'Alexandre Bonnefoy

CADEAU SURPRISE POUR MAMAN

RAGEOT

ISBN : 978-2-7002-3490-9
ISSN : 1965-8370

© RAGEOT-ÉDITEUR – PARIS, 2009.
Tous droits de reproduction, de traduction et d'adaptation réservés pour tous pays.
Loi n° 49-956 du 16-07-1949 sur les publications destinées à la jeunesse.

Mission top secret

– **E**ugénie, Eugénie ! Réveille-toi !

Quand j'ai ouvert les yeux ce matin, mon père était près de mon lit. C'est bizarre, j'ai pensé, on est dimanche, il n'y a pas école. Alors qu'est-ce qu'il fait là à me réveiller façon agent secret ???

– Bonjour mon Eugénie, tu as bien dormi ? m'a-t-il chuchoté.

– Euh oui… Et je n'ai pas encore fini.

Papa m'a souri et s'est assis.

– Tu te rappelles quel jour on est ?

Ne me dites pas qu'il m'a réveillée juste pour me demander la date ! Comme ça avait l'air d'être important pour lui, j'ai réfléchi.

Arghhhh mais bien sûr… C'est l'anniversaire de maman aujourd'hui.

Vite, il faut que je me lève pour lui offrir le bracelet violet que je lui ai fabriqué.

Si mon frère Jules réussit à lui offrir son cadeau le premier, il se moquera de moi toute la journée. J'aurai droit à « Salut l'escargot, il te reste deux mètres cinquante avant d'atteindre la chambre des parents » ou bien « Si tu veux être plus rapide, je peux t'acheter des nouvelles piles ».

J'ai bondi hors de mon lit comme un cabri.

– Eh doucement ! m'a dit papa. Où tu vas comme ça ?

– Souhaiter un joyeux anniversaire à maman.

– Il faudra que tu patientes jusqu'à midi parce qu'elle est déjà partie.

– Elle est où ?

– Elle est allée faire son jogging…

Mais oui, bien sûr, que je suis bête ! Tous les dimanches matin à dix heures, ma mère court avec ses copines.

Elle adore. Et nous aussi parce que quand elle n'est pas là, personne ne nous oblige à nous laver ou à prendre notre petit déjeuner assis !

Mon père a continué :

– Alors voilà le programme de la matinée. J'ai préparé un rosbif, des pommes de terre sautées et des radis en entrée. Il ne reste plus qu'à mettre la table, à disposer dans les vases les roses que je viens d'acheter et à poser en évidence le cadeau de ta mère. Mais attention, ça casse !

– C'est quoi ?

– C'est la petite statue qu'elle a adorée à la boutique du musée, tu te souviens ?

Je ne l'avais pas vue, je me rappelais juste que maman ne parlait que de ça dans la voiture.

– Eh bien, je suis allé la lui acheter. Je peux compter sur Jules et toi pour mettre la table ?

– Mais oui, bien sûr !

– Formidable... Pendant ce temps, je file acheter le framboisier chez le pâtissier. Ensuite, j'irai chercher papy et mamie pour les ramener ici. Vos cousins viendront après.

– Mais maman ne m'a pas prévenue qu'on ferait une fête avec tout le monde !

– C'est parce qu'elle ne le sait pas.

– Ah, c'est un secret ? Mais pourquoi tu ne me l'as pas dit avant ?

Mon père m'a souri gentiment.

– Parce que je voulais que ça reste vraiment un secret ! Tu n'es pas fâchée ?

– Un peu…

– Mais c'est quand même d'accord pour que Jules et toi, vous prépariez une jolie table ?

– Oui !!!

On coopère ?

Tandis que papa partait réveiller Jules pour lui expliquer notre mission du jour, j'ai filé avaler mon petit déjeuner.

Des tas d'idées se bousculaient dans ma tête pour décorer la table de la fête de mamounette.

L'arrivée de mon frère dans la cuisine a un peu gâché ma joie. Il faut avouer que voir un mollasson, les cheveux en pétard, regarder son bol de lait comme s'il y avait un poisson rouge dedans, ça ne vous motive pas vraiment. Il a fallu au moins cinq minutes pour que son œil gauche bouge et repère qu'il y avait un être humain dans les parages.

– Ah t'es là ? il a prononcé avec une voix d'ordinateur.

J'allais lui lancer un truc méchant mais je me suis rappelé qu'on devait coopérer comme nous le répète souvent le maître à l'école. Coopérer, ça veut dire participer ensemble à une œuvre commune et aujourd'hui, l'œuvre commune, c'était organiser l'anniversaire de maman.

Alors j'ai simplement répondu :

– Oui, je suis là. Je t'attendais pour ce que tu sais…

Le fait d'avoir prononcé une demi-phrase avait dû épuiser Jules parce qu'il n'a rien ajouté. Il s'est contenté d'observer d'un air totalement niais les Miel Pops qui flottaient dans son lait.

Quel spectacle navrant !!!

Bien, si j'attends qu'il se réveille pour préparer le salon, je peux toujours courir. Je crois que le mieux est de commencer toute seule.

J'ai laissé Jules en tête à tête avec son bol de céréales et je suis allée chercher une jolie nappe dans le placard. Voyons, voyons… Laquelle vais-je choisir ?

La rouge avec les grands coquelicots ? La verte et blanche ? Non, la rose pâle, maman l'adore.

Maintenant je vais fabriquer des fleurs avec les serviettes en papier vert pour les mettre à côté des bouquets de vraies roses, comme ça la table ressemblera à un jardin.

Voyons, je recule un peu pour admirer. Trop bien…

Allez, je pose les assiettes blanches carrées, les verres, les couverts dorés et ce sera parfait.

Mais qu'est-ce qu'il fabrique, mon frère ? Il pourrait m'aider. J'ai crié :

– Jules, tu viens ?

Avec Jules, c'est toujours la même chose ! Quand il y a du travail, il s'arrange pour arriver au dernier moment.

– Jules, tu viens, oui ou non ?

C'est la guerre !

Je posais avec précaution le cadeau de maman sur la table lorsque mon frère a fait irruption dans le salon en hurlant :

– Mais pourquoi tu cries comme ça, la bouffonne ?

Et regardant ma déco, il a ajouté :

– C'est quoi cette table de poupée Barbie ? Elle est super moche.

Ma table, une mocheté ?

Alors là, il allait trop loin. Déjà, il n'avait rien fait et maintenant, il se permettait de critiquer.

– Toi-même la mocheté, j'ai dit. Tu t'es vu avec tes cheveux en touffe et tes pieds qui ressemblent à des paquebots géants ? Et je ne parle pas de tes bagues sur les dents !

Jules est devenu rouge comme une tomate. J'ai continué :

– Je comprends pourquoi Sarah t'a laissé tomber ! Moi, je serais morte de honte si j'avais un amoureux aussi moche que toi.

J'ai cru voir de la fumée sortir des narines et des oreilles de mon frère tellement il était en colère. Il s'est rué sur moi.

Je lui ai échappé en courant autour de la grande table. Il m'a poursuivie en hurlant :

– Je vais t'attraper et te réduire en purée. Papa et maman ne te retrouveront jamais.

– Même pas peur ! j'ai répondu en continuant à courir. Tu n'effraierais pas une petite mouche.

– Ah oui, je n'effraierais pas une petite mouche ? Alors ça, ma vieille, tu vas le regretter ! Je vais t'attraper et t'épingler les mains et les pieds sur le mur comme une pauvre mouche.

Oh non, je ne veux pas finir en pauvre mouche épinglée.

– Mon pauvre Jules, si tu te voyais ! Tu fais pitié, j'ai dit en essayant de ne pas montrer que j'étais affolée.

Là, mon frère s'est arrêté net, m'a regardée à travers un des bouquets de roses et il a hurlé :

– À l'attaque !

Ensuite il a foncé sur moi comme un taureau fonce dans la cape rouge durant une corrida. Je suis restée derrière la table sans bouger. Au moment où sa tête allait me percuter, je me suis poussée.

J'ai vu mon frère passer au-dessus de la table, emporter sur son passage le cadeau de maman et s'écraser un mètre plus bas.

Il y a eu un bruit horrible de chose cassée.

J'ai fermé les yeux et j'ai pensé : « Aïe aïe aïe, c'est la statue de maman » puis j'ai entendu mon frère murmurer :

– Eugénie, t'es là ?

– Oui, j'ai répondu, je suis là. Ça va ?

– Oui, je crois.

J'ai rouvert les yeux, prête à pleurer en pensant au cadeau de maman en mille morceaux, mais en voyant Jules assis par terre avec un bouquet de roses sur la tête façon perruque, j'ai éclaté de rire.

Mon frère n'a pas apprécié.

– Quoi, tu te moques encore de moi ?

– Non, je lui ai répondu, mais des fleurs ont poussé sur le sommet de ton crâne !

Jules a cueilli les roses qui se trouvaient sur sa tête et il s'est mis à rire comme un fou. De le voir rigoler, ça m'a fait rire aussi. Cinq minutes après, on riait tellement fort qu'on avait des grosses larmes qui coulaient sur nos joues.

On s'est arrêtés net quand la sonnette de la porte d'entrée a retenti.

Ding dong !

Un cadeau qui fait bling bling

Jules a chuchoté :

– Oh non, c'est déjà papa !

Et secouant le cadeau de maman qui faisait bling bling, il a ajouté :

– C'est la cata ! Qu'est-ce qu'on fait ?

DING DONG !!!

– Il faut aller lui ouvrir…

– Mais quand on va lui expliquer qu'on a cassé le cadeau de maman, on va se faire massacrer !!!

DIIIIING DOOOOONG !!!

J'ai regardé mon grand frère et je lui ai dit :

– Oui mais quand on fait une bêtise, il faut l'avouer. Tant pis si on se fait gronder, moi, j'y vais.

DIIIIIIING DOOOOOOONG !!!!!

Je me suis dirigée vers la porte d'entrée en préparant des excuses : « Papa, on est désolés, on ne l'a pas fait exprès. Est-ce que tu pourrais ne pas trop crier ? »

DIIIIIIIIIING DOOOOOOOONG !!!

Allez courage Eugénie !

DIIIIIIIIIING DOOOOOOOONG !!!

J'ai ouvert la porte et…

Génial, ce n'était pas papa !!! C'était Samuel et Noa.

Mes cousins préférés !

– Mais qu'est-ce qui se passe ? a demandé Noa. Ça fait une heure qu'on sonne, on croyait qu'il n'y avait personne.

– Maman nous a déposés en bas, a expliqué Samuel, et elle nous a affirmé que vous seriez là.

– On n'a pas ouvert parce qu'on a un énorme problème, je leur ai répondu. Venez voir…

Ils m'ont suivie jusqu'au salon.

– Eh ben quoi, a dit Noa en découvrant mon frère assis par terre, ses roses à la main, c'est Jules le problème ?

– Non, le problème est dans la boîte, j'ai murmuré.

Mon frère a expliqué la situation :

– On s'est disputés avec Eugénie et sans le vouloir, on a cassé la statue que papa avait achetée pour maman.

– Oh la cata, a dit Samuel. Vous allez vous prendre une ratata !

Une ratata, c'est quand on se fait super gronder et là, c'est bien ce qui allait se passer…

– Mais comment vous savez que la statue est cassée puisque vous n'avez pas ouvert le paquet ? a demandé ma cousine.

– Ça fait bling bling quand on le secoue, a répondu mon frère.

– Elle n'est peut-être pas si abîmée que ça. Si on regardait ?

Vive la super glu !

On a enlevé le ruban, le papier et là, ça a été pire que le pire des cauchemars ! La statue n'était pas cassée, elle était ma-ssa-crée. On aurait dit qu'un éléphant avait shooté dedans.

Je crois que je me serais mise à pleurer si Samuel n'avait pas dit pour rigoler :

– C'est plus une statue, c'est un puzzle.

Sa remarque m'a donné une idée.

– Et si on la recollait ?

Samuel, Noa et Jules m'ont regardée comme si j'avais proposé la chose la plus débile du monde. J'ai continué :

– À la télé, ils affirment qu'avec de la super glu on peut tout coller en moins d'une minute. Papa en a dans sa boîte à outils.

J'ai senti que j'avais marqué un point. Noa a réfléchi et elle a dit :

– C'est une bonne idée. À la maison, Samuel fait des puzzles de mille pièces. Là, ça va être fastoche pour lui.

Je suis allée chercher la colle et Jules a aligné sur le tapis les morceaux de la statue. Très rapidement,

on a reconstitué ses jambes, ses hanches, son ventre et même sa poitrine. Évidemment, Samuel et mon frère ont ricané en voyant les tétons.

Qu'est-ce que ça peut être bête, les garçons…

Après on a recollé avec beaucoup d'application le cou et enfin la tête.

– Mais où sont les bras ? a demandé Noa.

On a cherché sous le tapis, sous les meubles. Rien…

– Regardez partout, a ordonné Samuel, ils sont forcément quelque part.

Impossible de les trouver. Il a fallu se rendre à l'évidence : les bras de la statue avaient disparu.

– Qu'est-ce qu'on va faire ? s'est inquiété Jules. Les parents vont bientôt arriver et si la statue n'est pas réparée, il y aura de la punition dans l'air.

J'ai fermé les yeux très fort et la deuxième idée géniale de la journée a jailli.

J'ai proposé :

– J'ai une vieille poupée de collection qui a la même taille que la statue de maman. Elle a des bras en porcelaine qu'on pourrait lui mettre.

Aussitôt dit, aussitôt fait. Noa a collé les bras de la vieille marionnette sur la statue. C'était parfait…

On a attendu une minute et on a refermé le paquet. J'étais en train de nouer le ruban, quand la porte d'entrée s'est ouverte avec fracas.

Papa a hurlé :

– Les enfants, vite, maman arrive. Je suis là avec papy, mamie, tonton et tata… Venez !

Profession artiste !

Les yeux de maman se sont remplis de larmes quand elle est entrée dans le salon et qu'elle nous a tous entendus chanter : « Joyeux Anniversaire ».

Elle a carrément pleuré quand je lui ai offert son bracelet et Jules le CD qu'il lui avait acheté.

– Quelle superbe surprise que de vous voir ici tous réunis. Merci, merci mes petits et mes grands chéris pour ces cadeaux…

– Attends, lui a dit papa, tu n'as pas encore ouvert le mien.

J'ai croisé le regard angoissé de Jules, mon cœur s'est mis à battre très fort.

Ma mère a dénoué le ruban, déchiré le papier et sorti la statue. Elle a souri, l'air ravi, puis elle a semblé très intriguée.

Elle s'est approchée de papa et lui a chuchoté quelques mots à l'oreille. Ils nous ont observés avec un air bizarre.

Quoi ? Qu'est-ce qui se passe ? On a recollé la tête à l'envers ?

Elle s'est tournée vers nous.

– Les enfants, connaissez-vous la statue dont votre père m'a offert une copie ? a demandé maman.

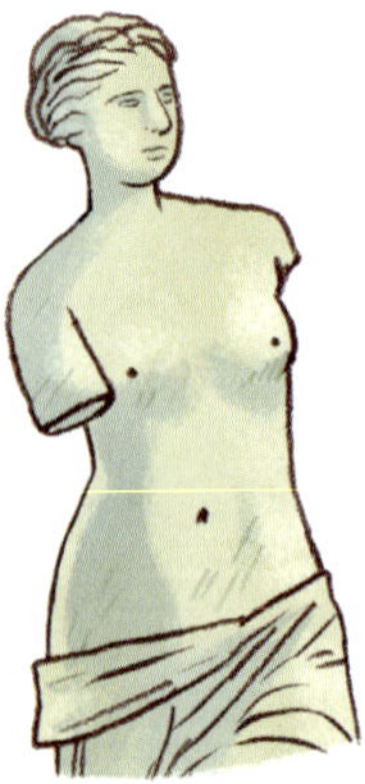

– Non, a-t-on tous répondu d'un air innocent.

– Elle s'appelle la Vénus de Milo. C'est une célèbre sculpture grecque très ancienne représentant la déesse de l'amour. Cette statue n'est pas complète. Quand on l'a découverte, il en manquait une partie.

– Ah bon, laquelle ? ai-je dit très étonnée.

– Les bras. Elle n'en a pas… Enfin, normalement !!!

Gloups !!! Voilà pourquoi on ne les avait pas trouvés. On était faits comme des rats.

Maman a continué :

– Je m'étonne donc de voir aujourd'hui la Vénus de Milo avec deux beaux bras blancs. Quelqu'un peut me donner une explication ?

Jules n'a pas attendu pour prendre la parole.

– C'est ma faute, a-t-il avoué, j'ai fait tomber ton paquet et la statue s'est cassée. Je suis vraiment désolé. Comme j'avais peur d'être grondé, on l'a recollée.

On pensait avoir perdu les bras alors on a collé ceux d'une vieille poupée. Si tu dois punir quelqu'un, c'est moi…

Vraiment, là, je n'en reviens pas ! Jules ne rapporte pas que c'est aussi ma faute à moi. Il est trop gentil, mon grand frère !

Maman nous a regardés un long moment l'un après l'autre et puis soudain elle a dit :

– Vous mériteriez une punition pour avoir cassé ma statue, mais je dois avouer qu'elle est très belle ainsi. Vous êtes de véritables artistes. Je décide donc d'oublier cet incident.

– Youpi !!! a-t-on crié tous en même temps.

Enfin... Tous, sauf papa qui n'avait pas l'air ravi de voir son cadeau rafistolé ainsi.

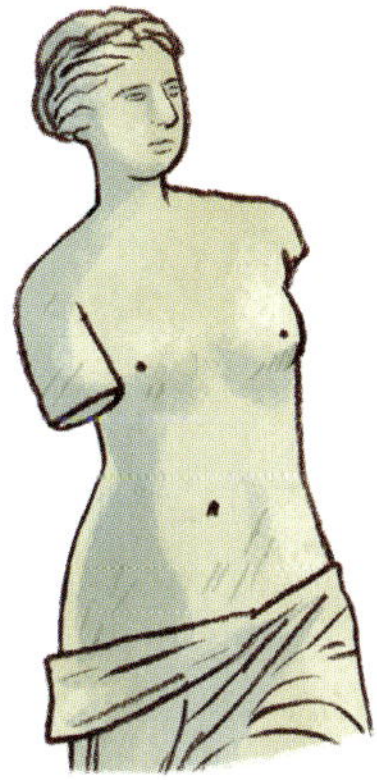

– Attendez, je n'ai pas fini. Et comme vous avez l'air de vous intéresser de très près à la sculpture, nous retournerons dès mercredi au Louvre pour voir l'original de la Vénus de Milo. Et maintenant, tous à table pour faire la fête !

Tandis qu'il me versait du Champomy dans mon verre, Jules m'a chuchoté à l'oreille :

– J'aurais préféré Mac Do-ciné plutôt que son musée, mais on s'en sort plutôt bien… Et si maintenant on peignait une copie de *La Joconde* sur la porte de sa chambre, hein ma petite sœur artiste ?

– Super bonne idée, cher grand frère peintre de génie ! Je vais tout de suite chercher ma palette et mon pinceau !

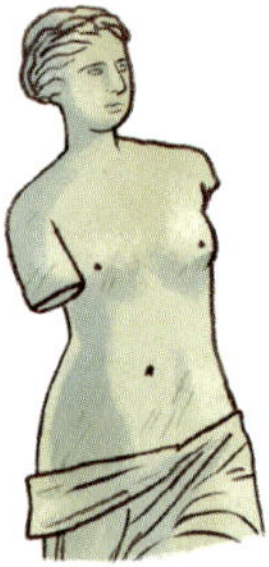

L'auteur

Petite-fille d'imprimeur, fille de libraire, **Sylvaine Jaoui** est tombée, toute petite, dans un chaudron d'encre comme Obélix dans son chaudron de potion magique. Quand elle est devenue grande (mais pas grosse comme l'irréductible Gaulois), elle a décidé de continuer à vivre au milieu des livres. Depuis, quand elle n'est pas dans son lycée en train de lire de beaux romans à sa tribu d'ados, elle écrit de nouvelles histoires sur la table de sa cuisine.

petit roman

- **UNE AMITIÉ DIFFICILE**, Jean-Côme Noguès
- **UN AMOUR DE PERROQUET**, Stéphane Daniel
- **BABALÉNO ET KASHALO**, Yves-Marie Clément
- **CADEAU SURPRISE POUR MAMAN**, Sylvaine Jaoui
- **LE CLUB DES PETITES SŒURS**, Sylvaine Jaoui
- **LE FIL DE NUAGE**, Cécile Geiger
- **FILLE DE PIRATE**, Christophe Miraucourt
- **MA JOURNÉE À LA FERME**, Philippe Barbeau
- **KOUMBA-LA-DOUCE ET KOUMBA-LA-MÉCHANTE**, Albéna Ivanovitch-Lair, Annie Caldirac
- **PAPA EST UN SUPER HÉROS**, Muriel Zürcher
- **UNE PIRATE DANS L'ÎLE**, Christophe Miraucourt
- **LES PLUMES DU PAON ET DU CORBEAU**, Albéna Ivanovitch-Lair, Annie Caldirac
- **LE PLUS GRAND ROI DU MONDE**, Marc Cantin
- **UNE RENTRÉE PAS COMME LES AUTRES**, Nathalie Charles
- **LE TONNEAU VOLANT**, Roland Fuentès
- **LE VOLEUR DE CHOUCHOUS**, Pierre Bottero

Retrouvez la collection

petit roman

SUR WWW.RAGEOT.FR

Achevé d'imprimer en France en janvier 2009
par l'imprimerie Clerc.
Dépôt légal : mars 2009
N° d'édition : 4862 – 01